# PHILIPPE

PETITE PIÈCE EN VERS, EN UN ACTE

(POUR LA LECTURE)

Par le Docteur C*** A***

PARIS

IMPRIMERIE DIDIER DAUBOURG

BOULEVARD BEAUMARCHAIS, 99

—

1880

# PHILIPPE

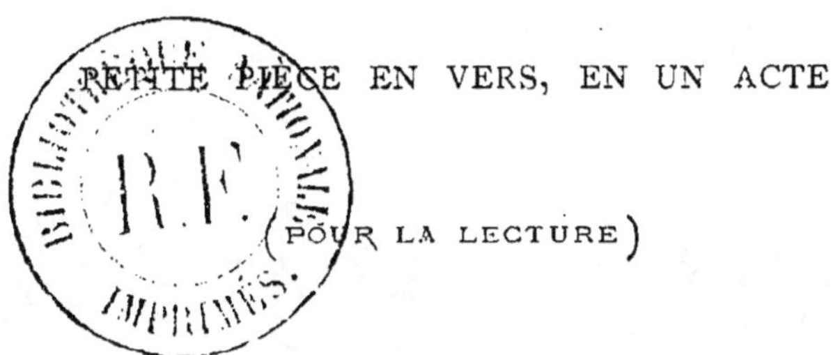

PETITE PIÈCE EN VERS, EN UN ACTE

(POUR LA LECTURE)

Par le Docteur C*** A***

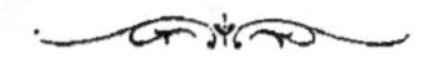

PARIS

IMPRIMERIE DIDIER DAUBOURG

BOULEVARD BEAUMARCHAIS, 99

—

1880

# PERSONNAGES

PHILIPPE, ancien négociant.

BONNARD, son ami.

Le Baron DE SAINT-CLAIR.

HENRI, jeune avocat.

HENRIETTE, fille de Philippe.

––––––––––

Un salon chez Philippe.

# PHILIPPE

## SCÈNE I

### PHILIPPE, BONNARD

**PHILIPPE**

Oui, le temps est venu de marier ma fille,
Mais il me faut trouver une noble famille.
Je compte aller quérir quelque jeune baron
Qui puisse avec éclat anoblir ma maison.
Je veux qu'à bref délai la chose se termine.
Sa majesté l'argent nous fait une origine.
Grâces à mon travail, à de constants efforts,
J'ai vu de beaux écus s'emplir mes coffres-forts.
La puissance de l'or! est-il rien qui l'égale?
Aidé de son secours et d'un peu de cabale,
Un sot n'est plus un sot; sans nulle illusion,
Il peut voir les honneurs surgir à l'horizon,
Venir homme important, prendre rang à la chambre;
D'un peuple de valets emplir son antichambre,

Enter ducs et marquis, vicomtes et prélats,
Même, au déclin des ans, séduire sans appas.

BONNARD

Vous donnez aujourd'hui, je vois, dans la satire.
Le sujet vous échauffe et fort mal vous inspire.
Ah ! vous allez ouvrir le cœur et la maison
Au tortil dédoré d'un soi-disant baron !
Mais pour la douce enfant, en sa fleur de jeunesse,
Songez-vous à trouver, digne de sa tendresse,
Une honnête nature, un galant homme enfin,
Embellissant ses jours dès leur joyeux matin.
Non pas un Apollon, mais un séant visage,
Qui donne quelque appoint aux charmes du ménage.
Au nid des jeunes cœurs l'architecte est l'amour,
Il peut tout embellir, et non point pour un jour.
Quittez ces vains projets, du bien de votre fille,
Acheter chèrement un blason de famille.
Grandi par vos efforts vous êtes parvenu ;
Noblesse du travail, restez le bienvenu.

PHILIPPE

Vous êtes, cher Bonnard, d'humeur par trop sévère.
Il est de vrais barons qu'on estime et révère ;
De véritables preux, dont l'amour du devoir
Est la suprême loi. Nous avons pu les voir,
A la patrie en deuil, sanglante, humiliée,
Accourir pleins d'élan, apporter leur épée.
Je crois qu'un époux, pris en cette qualité,
N'a certes pas motif pour être rejeté.

C'est dans ce monde là que je veux prendre gendre,
Et nul, croyez-le bien, ne m'en pourra défendre.

BONNARD

Ce que vous dites là n'est point hors de raison,
Et de certaines gens, j'ai grande opinion.
Mais pourquoi, loin de vous, chercher pour votre fille,
Quand un parti vous vient du sein de la famille ?
Henri, votre parent, est un charmant garçon ;
Brillant sujet, ma foi, capable de renom.
Avocat éloquent, il peut trouver la gloire,
Car la lutte, au barreau, compte aussi sa victoire.
Messieurs les avocats, favoris du moment,
Sont, à tous les degrés, dans le gouvernement.

PHILIPPE

J'aime les noms tout faits, un éclat de naissance,
Et non point ceux qu'il faut poursuivre en espérance.
Mon homme est tout trouvé, c'est Monsieur de Saint-Clair.
Avec de fiers blasons, il peut marcher de pair.
Je ne m'y trompe pas : il est de ces fortunes,
Qui, jadis beaux oiseaux, ont perdu de leurs plumes.
Ce qui s'éteint, mort Dieu ! je le ferai fleurir.
C'est sur ce terrain là que je me veux grandir.

BONNARD

Pauvre ami ! calmez-vous; vous allez perdre haleine,
Et de votre cerveau je reste fort en peine.
Je vous vois plein d'ardeur, sur une illusion,
Galopper au rebours de la saine raison.

Pour un bout de ruban, chose assez singulière,
Vous prenez du chagrin jusqu'à la boutonnière.
Pour des semblants d'honneur troublez votre repos,
Et le bonheur et vous vous mettez dos à dos.
A croire vos discours entachés de folie,
Epousant ses pareils, chacun se mésallie.
Tâchez de voir plus juste. A bientôt, au revoir.

(Il sort.)

PHILIPPE

Vous vous convertirez, j'en conserve l'espoir.
  (Seul)
Etrange ce Bonnard sur lequel je me butte,
Ami très-dévoué, mais il aime la lutte.


## SCÈNE II

PHILIPPE, DE SAINT-CLAIR

UN DOMESTIQUE, annonçant

Le baron de Saint-Clair.


PHILIPPE

        Soyez le bienvenu,
Pour moi vous n'êtes pas, Monsieur, un inconnu.
On m'a souvent parlé du baron votre père,
Qui vécut bienfaisant, ainsi que votre mère.
Sortant de mes jardins, vers l'angle des forêts,
J'aperçois votre toit dominant les genêts ;
Demeure qui paraît bien assise et charmante,

Avec un beau cours d'eau, son bois qui l'agrémente.
On doit, étant ainsi, se dire un peu voisins,
Et l'on pourrait, parfois, se rendre quelques soins.
J'appelle de mes vœux, l'occasion prochaine
De pouvoir vous montrer notre vaste domaine.
Au pays, nouveau venu, craignant l'étrangeté,
J'ai voulu, mais trop tard, vous être présenté.
Je mets, en l'avenir, toute ma confiance,
Désireux qu'entre nous quelque amitié commence.

### DE SAINT-CLAIR

Monsieur, je suis confus de vous trouver si bon.
A tous vos sentiments, chacun des miens répond.
A Paris, depuis peu, je poursuis une affaire :
D'une part de mes biens je voudrais me défaire.
Il le faut. Vivre oisif, triste condition.
Que n'ai-je su vouloir une profession ?
C'est encor, parmi nous, un préjugé de race,
De vouloir, sans travail, conserver notre place.
Le moment est venu de l'utile labeur ;
Je déserte les champs et cherche un acquéreur.
Quiconque ne produit précipite sa ruine.
Nous sommes le passé ; le temps est à l'usine,
Au travail tout puissant, qui fait grands les petits ;
Parmi les ouvriers, montre de forts esprits.
Les noms sont éclipsés. Par la valeur conquise,
La gloire fut pour nous, à la cour, à l'église,
Parmi de nobles preux qui surent au combat,
Pour un roi bien aimé, tomber avec éclat.

Notre sang a rougi tous les champs de bataille ;
Nous comptons des héros de la plus haute taille,
Dont les fils, aujourd'hui, pour vivre dignement,
N'ont plus qu'à prendre rang dans quelque régiment.

### PHILIPPE

J'aime vos sentiments. Il ne vous faut rien vendre,
Et je sais les moyens de vous en bien défendre.
Restez, restez chez vous ; conservez un grand air,
Et gardez tous les biens des barons de Saint-Clair.
Je sais, si vous voulez, un riche mariage,
Qui, du plus sûr bonheur, vous peut donner le gage.
Voulez-vous ? Ce n'est point de noble parenté,
Mais de très-dignes gens et d'un nom respecté.

### DE SAINT-CLAIR

Je suis vraiment flatté de tant de confiance,
Et me sens fort en goût d'une telle alliance

### PHILIPPE

Digne d'un grand seigneur, la dot : deux millions.
Fortune bien assise et sans illusions.
J'aime votre cours d'eau, qui borde mes prairies,
Et veux, plus que jamais, des limites amies.
Vous me plaisez beaucoup, permettez-moi l'espoir
D'avoir, dans peu de jours, l'honneur de vous revoir.

### DE SAINT-CLAIR

Ce désir est le mien. Je ne saurais mieux faire,
Que m'en remettre à vous, Monsieur, dans cette affaire ;

Votre protection peut combler tous mes vœux.
Je m'inscris prétendant.

PHILIPPE

Nous en sommes heureux.

(Seul).

Oh ! très-bien ce jeune homme ; il est parfait, mon gendre.
Il nous faut agir vite et point le faire attendre.

## SCÈNE III

PHILIPPE, BONNARD, HENRI

BONNARD

Encor moi, le fàcheux, l'intrépide lutteur,
Qui ne sais pas cacher ce que j'ai dans le cœur.

HENRI (une serviette d'avocat sous le bras)

Saluant Philippe.

Fatiguant ce Paris ! On court, on a beau faire ;
On néglige un ami, bien souvent quelque affaire.
Tenu par mes clients, tous ces jours, au palais,
Je n'ai pu vous revoir comme je le voulais.
Comment est la santé ? Je pense toujours bonne ?

PHILIPPE

Je suis de ce côté, content de ma personne.
Et toi ? de grands procès ? des époux ennemis,
Voulant se séparer à n'importe quel prix !
On te cite beaucoup. Ton ardente éloquence
Redonne aux plus fripons, quelques brins d'espérance.
Vous plaidez au barreau, souvent contre le droit.
On voit pâlir le fort devant le plus adroit.

Sur le vrai, sur le faux, pour fournir sa réplique,
Un esprit d'avocat fait de la gymnastique.

HENRI

Nous suivons, en cela, ce que font bien des gens,
Trop sévères pour nous, pour eux très-indulgents.
Des choses du barreau, vous discourez en maître.
Je n'en vois, à la cour, sachant s'y mieux connaître.
Avouez-le pourtant : jamais un accusé
Ne vit à son secours notre appui refusé.
On trouve, parmi nous, de nobles caractères
Qui viennent en aide à toutes les misères
Et, aux jours du danger, savent pour les combats
Se servir du fusil et lutter en soldats.
Je plaidais, avant-hier, pour un jeune ménage :
La femme, jeune, belle, au gracieux visage
Semblait porter le deuil. Le mari, franc viveur,
A détruit le foyer dont il fut la douleur !
Il est né gentilhomme, et le pauvre beau-père,
Dans un titre vendu, ne comprit qu'une affaire.
Quant à la chère enfant, on lui fit entrevoir
Que l'amour grandirait; c'était plus qu'un espoir.
Rivés depuis trois ans, ils sont las de leur chaîne
Qu'ils vont, hélas ! changer en liberté bien vaine.
Au lieu d'unir deux cœurs, on fit une maison.
Nul n'éprouva l'amour, ce grand trouble raison,
Qui, souvent négligé, n'a de droit qu'à se taire.
Quand on fait trop parler le puissant numéraire.
Je m'en vais au palais, mon cher oncle ; au revoir.

PHILIPPE

Cultive les procès, mais je n'en veux avoir.

HENRI (bas à Bonnard)

A bientôt, cher Monsieur. Oh! travaillez pour moi.
Henriette.....

BONNARD

Cher enfant, je t'en donne ma foi.

## SCÈNE IV
### BONNARD, PHILIPPE

BONNARD (à Philippe)

Noble cœur cet Henri! donnez-lui votre fille.
Il sera, quelque jour, l'honneur de la famille.

PHILIPPE

Non, non, mon cher Bonnard; je vous ai dit mon fait,
Et là dessus, rompons, si vous voulez, tout net.

BONNARD

Vous vantez le travail, mais d'un cœur hypocrite,
Lui préférez, je vois, de douteuse conduite,
Un insipide oisif, que vous devrez traiter
En beau-père offensé, comme monsieur Poirier.

PHILIPPE

Erreur que tout cela. Vous aimez contredire,
Et traitez mon cerveau comme pris de délire.

## SCÈNE V
### HENRIETTE, PHILIPPE, BONNARD

HENRIETTE

Bonjour père.

PHILIPPE

Bonjour. Te voir me fait du bien.
C'est justement pour toi qu'avait lieu l'entretien.

HENRIETTE

Vous conspiriez tous deux contre une pauvre fille?

PHILIPPE

Je forme le projet d'augmenter la famille.
Nous sommes, en effet, de vrais conspirateurs,
Qui cherchons ardemment l'union de deux cœurs.
Je veux te marier. On y pense à ton âge.
Ton bonheur, chaque jour, m'occupe davantage.
J'ai, pour tes dix-huit ans, le plus parfait époux.
Il est à faire ici, je crois, bien des jaloux.
C'est monsieur de Saint-Clair, par ma foi, qu'il se nomme ;
Grand, de fort belle allure et parfait gentilhomme.
Oui, tu seras baronne, et ma tendre amitié
A voulu, chère enfant, n'agir pas à moitié.
Nous avons la fortune, il nous faut la noblesse.
Mon bon ami Bonnard me dit que c'est faiblesse.
J'aime le beau, le faste, et toutes les splendeurs ;
Je sens couler en moi du sang de grands seigneurs.
Il faut fuir le négoce et le monde où nous sommes.
On dit que le progrès consiste, chez les hommes,
A s'élever toujours. Je veux monter si bien,
Que le blason d'autrui devienne aussi le mien.

HENRIETTE

Je voudrais, en tous points, vous demeurer soumise,
Mais mon cœur doit s'ouvrir pourtant avec franchise
Le prestige du nom est très-peu de mon goût ;
J'aspire à d'autres biens fort au-dessus de tout.
De grâce, n'allez pas briser mon espérance.
Je conserve en mon cœur des souvenirs d'enfance.

Henri, brave et si bon, m'est devenu bien cher ;
Loin de lui, grandeurs, tout me serait amer.
Je ne sais, ô mon Dieu ! si c'est très-mal faire
Que prononcer son nom, quand je fais ma prière ;
Quelque chose me dit qu'il est tout mon bonheur.
Près de lui, je suis forte et rien ne me fait peur.
Quand triste, les longs soirs, j'écoute à ma fenêtre,
Dans l'ombre, au moindre bruit, je crois le reconnaître.
Lorsqu'il ne paraît pas, je ne me sens pas bien.
Mon cœur trouve sa joie au doux appui du sien.

PHILIPPE

Ma fille, je portais plus haut mes espérances,
Que le cousin pour qui marquent les préférences.
Avec deux millions, couchés sur ton contrat,
Tu pourrais, d'un grand nom, prendre ta part d'éclat.
Partout, dans ton hôtel, s'étaleraient tes armes ;
Des plus nobles salons tu goûterais les charmes. .

HENRIETTE

Dans le monde où je suis, je me trouve fort bien,
Et ne vois de bonheur supérieur au mien.
Père, n'ayez sur moi l'âme troublée, inquiète,
Et laissez de son choix libre votre Henriette.

BONNARD

La noblesse est chez vous. La notoriété
S'attache à votre nom qui n'a rien d'emprunté.
Combien de grands esprits que le monde révère
Sont sortis glorieux de la foule leur mère.

Croyez qu'il n'est besoin, pour régler sa maison
Et s'y trouver heureux, de s'adjoindre un blason.

PHILIPPE

Je vois, de mon bonheur, tomber tout l'édifice ;
Se mêler aux regrets un cuisant sacrifice.
Que n'ai-je encor ma femme ? Elle eut su de ses yeux,
Dans le trop cher cousin, deviner l'amoureux.
   (à Henriette).
Il fixe enfin ton choix ?

HENRIETTE

      Oui, mon père, je l'aime.

PHILIPPE

C'est en illusions que j'ai semé ma peine ;
Ce cousin, par mes soins, accueilli comme un fils,
A de mes beaux projets emmêlés tous les fils.
Allons, résignons-nous ; acceptons la disgrâce,
Puisque l'amour vainqueur est logé dans la place.
Grande témérité, se croire le plus fort,
Quand on l'a, pour lutter, campé de l'autre bord.

BONNARD

Voilà, pour l'avocat, la plus belle journée.
Il a femme charmante, et sa cause est gagnée.